리트머스

리트머스

윤성택 시집

문학동네

이 길에 들어서면서

한때 나였던 시간들에게

차례

3부

1부

스테이플러

기차는 속력을 내면서
무게의 심지를 박는다, 덜컹덜컹
스테이플러가 가라앉았다 떠오른다
입 벌린 어둠 속,
구부러진 철침마냥 팔짱을 낀 승객들
저마다 까칠한 영혼의 뒷면이다
한 생이 그냥 스쳐가고
기약 없이 또 한 생이 넘겨지고
아득한 여백의 차창에
몇 겹씩 겹쳐지는 전생의 얼굴들
철컥거리는 기차는 멈추지 않는다
촘촘한 침목을 박으며
레일이 뻗어간다

대학병원 지하주차장

빽빽하게 들어찬 어둠을 솎아내느라
형광등 불빛은 가늘게 떨고 있다
그 경계를 잘라내는 환풍기는
울음이 엉겨 잘 돌아가지 않는다
영원히 잠들어 있을지도 모를
이곳을 깨우기 위해 사이렌은
입구에서 검은 침묵을 매만진다
누구나 지상과 멀어지고 싶지 않듯
지하로 지하로 차를 몰고 내려온 이는
잘못 든 길처럼 숙명적이다
그가 홀연 빠져나와 차 문을 닫을 때
지하층 전체에 일순 울리는 소리,
누군가 들뜬 페인트처럼 후들거리며
벽면에 기댄다 통곡이 지루하게
계단으로 이어진다 모든 길에는
끝이 있다고 우회와 우회를 거듭하며
나선 방향으로 낙하한 하역의 공간,

지하로 내려갈수록 묵직한 나사가
조여오고 있다 그가 못질하듯
구두 소리로 걸어나간다 깊은 밤처럼
고요한 지하주차장, 길이와 폭으로
테두리를 두르던 주차선이 문득
영정 사진에 가 있다 또 누군가
차를 타고 지상으로 올라갈 것이다

산동네의 밤

춥다, 웅크린 채 서로를 맞대고 있는
집들이 작은 창으로 불씨를 품고 있었다
가로등은 언덕배기부터 뚜벅뚜벅 걸어와
골목의 담장을 세워주고 지나갔다
가까이 실뿌리처럼 금이 간
담벼락 위엔 아직 걷지 않은 빨래가
바람을 차고 오르내렸다
나는 미로같이 얽혀 있는 골목을 나와
이정표로 서 있는 구멍가게에서 소주를 샀다
어둠에 익숙한 이 동네에서는
몇촉의 전구로 스스로의 몸에
불을 매달 수 있는 것일까
점점이 피어난 창의 작은 불빛들
불러모아 허물없이 잔을 돌리고 싶었다
어두운 방 안에서 더듬더듬 스위치를 찾을 때
나도 누군가에게 건너가는 먼 불빛이었구나
따스하게 안겨오는 환한 불빛 아래

나는 수수꽃처럼 서서 웃었다
보일러의 연기 따라 별들이
늙은 은행나무 가지 사이마다 내려와
불씨 하나씩 달고 있었다

장안상가

옥상 균열은 늙고 싶은 건물의 표정이었다
부러진 안테나가 금의 끝점에 꽂혀 있었고
입주민 양미간으로도 쉽게 금이 번졌다
다시 펴지지 않는 금은 우울한 인상으로 통했다
주파수를 잃은 TV는 캄캄한 우주를 수신했다
밤에 떠난 사람도 많았으나 건물 우편함에
배달된 청구서는 그 여행을 뒤따라가지 못했다
건물은 너무 오래 서 있었으므로 저녁은
쉽게 피곤했고 마을버스는 때때로 오지 않았다
지하창고에서 입술을 나눈 남녀는 보풀이 붙은
옷을 서로 벗겨주었다 농밀한 관계처럼
여전히 건물에서는 재봉질이 계속되고 있었다
누군가 현관 바닥에 실뭉치들을 힘껏 내던져
실마리가 풀리지 않는 자해로 매듭되기도 했다
야근을 마친 눈동자에도 균열의 뿌리가
내려왔다 여름이 끝나갈 무렵,
지하창고 툭툭 불거져나온 철근들이

가로수 잎맥처럼 녹슬기 시작했다 구청 직원은
딱지를 붙이며 건물이 헐릴 것을 예고했다
건물주가 풍으로 쓰러진 건 실핏줄 때문이었다
온 신경을 다 드러내놓은 TV는 납땜된 뒤
일층 전파사에 진열되었다 총천연색 담쟁이는
건물 균열을 타고 자꾸만 뻗어올라갔다

버려진 인형

행복하지도 불행하지도 않은 날들이었다 물줄기가 쉴새없이 합류하는 도랑엔 흰 거품이 흔들렸다 지상의 창백한 한때가 몇 개의 스티로폼 조각으로 떠올랐다 더께가 앉은 돌들은 죄다 흉터처럼 둥글었고, 나는 오래도록 미끄러운 머리칼로 흔들렸다 너와 닮지 않기 위해 많은 별들을 지웠다 가끔은 팔목 긋고 떠내려온 낙엽처럼 포기하고 싶었다 그 동안 해진 실밥이 악착같은 나의 관절을 붙들고 있었다 눈동자가 물에 잠기면 다시 깜깜한 밤이었고, 물소리 깊어지는 자리마다 가로등 한 그루씩 자라났다 나는 썩지 않을 것이다

스트로

오렌지주스에 빨대를 꽂네 소용돌이가 일며 주스가 올라오고 북상한 비구름 한가운데 장대비가 꽂히네 성급한 맨홀이 벌컥벌컥 빗물을 들이켤 때, 밤을 들이마신 가로등도 힘껏 붉어지네 뾰족한 빨대 끝으로 유리잔 바닥을 더듬네 모든 결핍은 밑바닥에서 들려오는 것이라고, 튀어오른 빗방울이 왕관처럼 소리를 거느리네 바닥은 구름을 향해 빨대를 꽂는 것이네 빗줄기 꽂히면 꽂힐수록 구름이 삼켜지네 기울인 유리잔에서 빗소리 들려, 나 울컥인 적이 있었네 누군가 내 안까지 잠겨와 하루 종일 비가 내리네

검은 비닐 가방

사내는 느릿느릿 광장을 가로지른다
발을 옮길 때마다 두 갈래로 비켜가는 행인들,
벌어진 틈은 뒤편에서 엇물린다
시계탑이 그림자를 바짝 당겨와 보도블록을 채워올 때
사내가 앙다문 이빨을 드러내며 웃는다
길을 질질 끌고 오는 동안 슬픔 따위는
맞물려놓은 단단한 가방처럼 닫아버렸다
메슥거려 치미는 핏물을 뱉으며
사내는 형형해진 눈빛으로 주위를 둘러본다
그늘의 지퍼를 열면 내장이 비워진
환한 뼈의 숲으로 가는 길이 있으리라
튀어나온 광대뼈는 오후를 반사한다
사내는 광장을 고스란히 기억하려는 듯
디지털카메라로 찡그린, 웃긴, 입 벌린, 풍경을 저장한다
이렇게 이별은 한낮의 그림파일이다
대합실로 향할 때 주머니에서 신호음이 울린다
우두커니 고개를 묻고 액정을 보다가

휴대폰을 그대로 휴지통에 놓아버린다
대합실 의자에 앉은 사내는 마지막 끝까지
지퍼를 올리고 야전잠바의 깃을 세워
의자 깊숙이 몸을 누인다 얇은 미소가
사람들이 밀려왔다 밀려가는 사이 희미해져간다
사내는 눈을 감는다
막차가 떠났는데도 꼼짝하지 않는다
지퍼 속으로 머리가 미끄러져간다

환절기

나는 철조망 쳐진 공터 핏발 선 눈 속의 나무, 잔뜩 곤두세운 비를 양철 처마 아래 옹이에 대고 듣는다 청진기처럼 사방으로 뻗어간 전깃줄로 집들이 박동치고 명치 끝 켜지지 않는 불빛이 만져진다

개 짖는 소리에 놀란 기척이 골목을 돌아 어둠을 덥석 문다 참을 수 없이 터져나오는 기침, 훅 꺼질 듯 형광등이 깜빡거린다 웅크리고 있던 그림자가 겨우 돌아누우면 밤새 가로등은 온도계처럼 점점 붉어진다

엑스레이 필름 속 뒤엉킨 뿌리가 들썩인다 며칠째 나는 소름을 달고 불면 속에 있었는데, 비의 뼈들이 투과되는 창문에는 어김없이 번개가 내리친다 처방전에 휘갈긴 암호처럼 수상한 이름으로 해독되는 나무들, 빗물이 스미는 땅 속에 구근처럼 알약이 부푼다

공터 옆에는 종일 쿵쾅거리는 공장이 있다 포신 같은 굴뚝

이 뜨거운 연기를 내뿜자 금 간 벽 틈의 이끼는 좀더 들러붙는다 이리저리 신경처럼 뻗어나간 철조망이 공터를 움켜쥔다 뾰족뾰족한 통증 너머 안개의 분말이 열두 시간째 머물러 있다

리트머스

늦은 밤 공중전화부스에 사내가 들어 있다
꾹꾹 눌러낸 다이얼은 서른 번을 넘긴다
타국으로 젖어드는 신호음 저편
그리움이라는 색깔로 반응하는 목소리,
부스 안은 리트머스 시험지 같다
수화기는 왼쪽 어깨로 넘겨져 데워지고
불러낸 이름을 유리창에 적어본다
글씨도 뿌리를 내리는지 흘러내리는 획마다
생장점이 먼지로 뭉친다
바지에 묻은 톱밥은 발아중이고
뒷주머니에 삐죽 붉은 목장갑도 피었다
안개에 젖고 밤바람에 흔들려 후둑,
스포이드 물방울처럼 떨어지는 나뭇잎
가을은 그렇게 한 가지 색으로 반응해 물들어간다
사내는 하늘을 봉숭아꽃처럼 물들이고 싶다
꽁꽁 묶어 보낸 소포를 풀 즈음이면
첫눈이 내릴 것이다

슈퍼 간판불도 꺼져버린 자정 무렵,
사내의 머리와 어깨 실루엣이
공중전화부스 불빛에 흠뻑 젖는다
아득히 먼 곳에서도 색이 뚜렷하다

한밤의 제우스

산소절단기 끝에서 불꽃이 튀고 있다
주위는 빛에 휩싸여 일그러진다
구멍이 천천히 뚫리자
안에서 어둠이 뿜어져나온다
그는 물끄러미 안을 들여다본다
먼지와 섞여 소용돌이치는 불빛,
번쩍이는 천둥이 일렉트릭 기타음처럼
검은 앰프의 구름 아래로 터져나온다
전력 케이블은 긴 기타줄로 뻗어가
한 번도 떠나지 못한 언덕에서 코드를 바꾼다
방음벽 아래 맨홀에는
목수건처럼 젖은 음이 흐르고
텅텅 구멍은 규칙적인 망치 소리로 요란하다
시간은 평행한 파이프와 같아 몇천 년 전
아득한 먼지가 내려앉는다
바람에 떠도는 기름먼지도
힘을 다해 움켜쥔 분자의 기억이다

전 생애를 뚫고 온 불꽃은 어두운 허공에서
구멍을 닫는다 쇳조각이 사다리 아래로 떨어져간다
자꾸만 그의 눈에 묻어나는 반점이
오랫동안 푸른 항성으로 떠 있다
어쩌다 비틀린 틈에서 빛이 비치면
먼지기둥이 악보를 그린다
별은 무서운 속도로 먹구름 위를 돌고 있지만
철판과 파이프가 부유하는 터널은 검고 깊다
지하철 제13공구,
헬멧을 쓴 방진마스크의 그가
음악처럼 망치를 내리쳐서
저녁의 비는 한동안 더 내릴 것이다

술잔의 지문

소주잔 속 지문의 소용돌이가 인다
살갗은 타원은하처럼 유리와 밀착되어 있다
그 중심에서 잔은 자전해오고
나는 알아들을 수 없는 말을 익히며
조금씩 얼굴이 붉어져갔다
포장마차가 있는 골목은
불시착한 행성의 길, 시시각각
달라지는 중력 때문인가
문득 어지럽다
가로등은 혜성처럼 꼬리가 길고
숨 밖으로 알코올이 푹푹 증발한다

몇 개 기억이 지워진 채 나는 집으로
보내졌다 그리고 며칠 후
택시에 두고 내린 지갑에서
주민등록증만 우편함으로 되돌아왔다
뒷면의 지문을 들여다보았다

수없이 떠났으나

되돌아올 수밖에 없던 고향이

그곳에 있었다, 여전히 그 은하였다

울음 바늘

걸려들었다
울음이 목구멍에서 팽팽하게 당겨져
풀렸다가 채였다가 한 시절이 가고 있다

감기를 앓으면 항상 목부터 아팠다
퉁퉁 부은 목은 물조차 잘 삼키지 못하고
뜨거운 공중으로 훌쩍 당겨졌다
일 년에 한두 번 위태롭게 앓고 나면
거울 속 비친 문양을
들여다보곤 했다 그렇다고 함부로
남에게 보여줄 수는 없었다

목 안에 바늘을 품고 사는 사람들,
목숨보다 질긴 줄이 당겨지고 있다는 걸
알기까지 얼마나 울음을 삼켜야 하나
통곡으로 제 안을 보여주는 건
많이 끌려와 지쳤기 때문이다

갓난아이 앙앙대는 입을 보고 있으면
걸려든 목젖, 바늘이 보인다
일순간 잡아채는 날이 도사리고 있을지라도
살아 있는 내내 빼낼 수는 없는 것이다

담배연기

그는 폐쇄된 벽과 벽을 스멀스멀 더듬는다
이 집요한 취향을 틀어막을 길이 없다
허나 강력한 후각이 미행해오면
서둘러 방충망으로 빠져나가기도 한다
그는 항상 주위의 빈틈으로 출몰해 폐를 끼친다
구석진 곳 그의 배후는 손아귀로 불빛을 숨긴다
두 손가락을 입에 대고 볼이 움푹 패어 있는 누군가
그 몽롱하고 정지된 순간, 그는 가장 자유롭다
푸른 꽈리로 뒤덮인 숲을 거닐며
검은 모래를 한 줌씩 흩어 뿌린다 그 흔적마다
누런 진액의 알이 슬고 애벌레로 꿈틀거린다
그것이 빨갛게 타들어가는 불빛을 향해
한순간 부나방처럼 돌진하리라는 걸 그는
잘 알고 있다 그는 그런 독기로 활동한다
그를 가혹하게 외면하고자 했던 사람이
망설이다 그 다짐 앞에서 주저앉고 말 때
그는 조용히 깊은 한숨을 덜어내간다

회한이 많은 사람일수록 그의 소관이다
그는 수백 개의 허연 공포를 껴입고서 사람과 사람
사이를 귀신처럼 배회하고 있다

닻

폐선에 걸터앉은 노인은 닻처럼 휘었다
필생 무게중심이 되어왔다는 듯
웅크린 등은 갈고리처럼 앙상하다
적막이라는 그물을 투망질하는 건
담벼락에 걸쳐진 담쟁이들뿐
횟집 수족관에는 먼지들이 몰려다닌다
물살은 간척지에 반쯤 묻힌 폐선을 흔들고
갈대들이 삐걱거린다 추억은
칠이 벗겨져 좀체 가라앉지 않는다
더이상 머물지 않아도 좋다는 듯
번들거리는 오후의 졸음이 스며온다
멀리 굴뚝 연기에도 느껴지는 엔진 소리
기어이 시동이 걸린다, 점점 속력을 내면
입 벌린 월척들이 꼬리로 솟구쳐오른다
펄떡거리는 물결이 눈에 번지는 동안
물새의 날갯짓에 빛이 튀고
바람을 낚은 갈대들이 한 방향으로 구부러진다

폐선의 수면에 겹겹 나이테가 풀린다
노인은 제 몸의 닻을 지고
말라가는 갯벌을 걸어나온다
집으로 향한 발자국이 밧줄처럼 딸려나온다
언젠가 줄이 끊기면 이 길도 놓아주리라
노인은 휜 등을 힘겹게 의자에 걸어놓는다

구두로 말하길

야근을 마친 계단이 보도블록으로 몰려온다 공중전화부스로 은신한 여자는 발끝 수화기를 내려놓을 곳이 없다 뎅뎅뎅 물방울무늬가 블라우스에서 떨어져내린다 차단기가 움직이고 성급한 기차는 관음증의 터널로 질주한다 담쟁이는 우르르 방음벽을 더듬는다 수선집 처마를 박음질하는 빗소리, 습기에 구겨진 가죽이 주눅들어 있다 검은 혀가 축축해 아무 말도 할 수 없다 수선집 주인이 불쑥, 구두를 벌린다 팔목 흉터 바늘자국이 움찔거린다 쫙 벌린 구두처럼 여자의 하품이 길게 비어져 나온다 구두가 너덜너덜 밑창을 다신다

2부

홀씨의 나날

새벽부터 골목 구석구석
햇살이 날렸다
허리띠를 맨 끝까지 채웠던
사내는,
뿌리처럼 툭 불거져나온
속옷을 쑤셔넣었다
틈만 나면 살고 싶었다
공사장 보도블록 사이
가는 목 하느작거리는
홀씨 하나
어쩌자고 이곳까지 온 것인지
바람이 지나칠 때마다
현기증이 일었다
백지장 같은 날들,
사내는 후들거리며
벽돌을 지고
일어서고 있었다

수배전단

귀갓길, 현상수배 벽보를 보았다
얼마나 많은 곳에 그를 알려야 하는지
붉은 글씨로 잘못 든 내력이 적혀 있다
어쩌다 저리 유명해진 삶을
지켜봐달라는 것일까
어떤 부릅뜬 눈은
생경한 이곳의 나를 노려보기도 한다

어쩌면 나도
이름 석 자로 수배중이다
납부마감일로 독촉되는 고지서로
열 자리 숫자로 배포된 전화번호로
포위망을 좁혀오는지 모른다

칸 속의 얼굴은 하나 둘 붉은 동그라미로
검거되어가는데, 나를 수배한 것들은
어디서 잠복중일까

무덤으로 연행되는 남은 날들,
그 어딘가
잡히지 않는 희망을
일망타진할 때까지
나는 매일 은신처로 귀가하는 것이다

마지막 도피

사내가 고꾸라져 있는 막다른 곳
깨진 보안등이 담장에 쓰러져 있다
번뜩이는 살의가 사라진 방향
입구 끝 돌계단에 흉기는 버려졌다
찌른 곳을 돌려 빼는 칼처럼
범인은 한 바퀴 빙 돌아보았을 것이다
사내가 악착같이 쥐고 있던 딱딱한 가방은
반쯤 열린 입처럼 텅 비었고
누구에게로 기어이 가고자 했는지
바닥을 긁던 손톱이 부러져 있다
아무도 찾을 수 없는 곳이므로
손전등 같은 달빛만 근처를 배회할 뿐
새벽이 다하도록 검은 피가 엉긴다
근처 강가에서 발견된 휴대폰에는
마지막으로 부재중 여자가 흐느낀다
출입금지 푯말이 걸리고
장갑 낀 수사관이 담배를 빼문 채 들어선다

볼에 눌린 손가락을 꺼내
지문 채취용 스탬프에 갖다댈 때
함께 돌려지는 사내의 볼에 낙인처럼
반지가 깊게 찍힌다

후회의 방식

때가 되면 모든 것이 분명하다
달리는 기차에 뛰어든
시간은 더이상 가지 않는다
으깨어진 핏덩이와 뼈가 허공에 박혀 정지된,
플랫폼을 유령처럼 돌아본다
돌아가고 싶다, 목구멍에서
터널 같은 빛이 터져나온다
뢴트겐 차창을 달고 기차는
역에서 거꾸로 멀어져간다
기적 소리를 비벼끈 꽁초가
손가락 사이 불빛으로 켜질 때
살아 눈뜬 것이 죽음보다 외롭다
한밤중 삼킨 수면제가 한 움큼
손바닥에 뱉어지고 물과 파편이 솟구쳐
책상 위 유리컵으로 뭉쳐진다
어깨를 입은 외투는 캄캄한 밤길을 지나
저녁 어스름까지 데려다준다

수면제를 건네받은 약사가 수상한
처방을 뒷걸음으로 떼어온다 영안실
흰 천에 덮인 당신이 거실로 옮겨지고
비닐에서 피 묻은 칼을 꺼낸 감식반은
출입금지 테이프를 마저 철거한다
삐끗한 발목으로 창을 넘는
손이 떨린다 당신의 가슴에서 칼을 뽑자
턱에 맺힌 눈물이 뺨을 타올라 눈에 스민다
천천히 몸을 일으키는 창백한 얼굴,
당신에게 어떻게 용서될 수 있나
기차의 굉음이 레일에서 급히 멈춰 섰다
돌이킬 수 없는 시간이 다가온다
나는 마지막으로 공중에서
허공을 찢는 호각 소리를 듣는다

지하에서의 실종

뒷걸음으로 지하철 의자에 앉는다
천천히 재생되는 사위가 흐릿하다
휴대폰으로 문자 메시지를 보내지만
번번이 전송되지 않는다, 이상하다
방금 본 것 같은 낯익은 얼굴들
지상의 계단을 바삐 오르내린다
어두운 터널과 터널 사이
빈 공간까지 바람이 날리고
상여같이 환한 전철이 들어온다
여기가 막다른 종점이던가
좀처럼 타고 싶지 않다
출입문이 닫히고 둥근 고리들
차례차례 허공에 몸을 끼워넣는다
손목시계를 보다가 플랫폼을 거닐다가
사람들 사이를 배회하다가
지하철 의자에 다시 앉는다
누군가 애달프게 나를 바라보는 것만 같다

그러나 두려운 것은 내가 죽었는지도 모른다는 것
도무지 판독할 수 없는,
적막을 향해 검은 레일이 지나고 있다

서늘한 터널 위에서 내려다본다
내가 기다리고 있는 것은 무엇인가
녹화 테이프가 수없이 되돌려 재생되고 있는
CCTV 안, 나는 아직 살아 있다

흔적

두 다리가 없는 사내는
바퀴 달린 판자에 엎드려 있다
그가 밀고 가는 상자에서
찬송가가 흘러나오고
동전들 굴욕의 또다른 얼굴처럼
바구니에 들어 있다
손이라도 밟힐 때면
올려다보는 그의 아랫눈동자가 희번덕거린다
무리의 행인이 건널목을 건너자
그는 마스크를 내리고
누런 가래침을 뱉는다
그때마다 핏줄 같은 전선을 따라
고무 속 다리가 꿈틀거린다

지친 배를 시멘트 바닥에 깔고 있는 것은
세상을 품고 산다는 것일까
언젠가는 그의 꿈이 부화되는 것일까

어쩌면 그는 밤마다
고무 안에서 완성되어가는
희고 단단한 다리로 生의 건널목을
건너는 것인지도 모른다
그래서 이 한낮 노래를 읊조리며
가장 낮은 세상을 굽어보는 건지도 모른다

그가 느릿느릿 자리를 옮길 때
쓸리는 바닥, 닳은 고무 틈새로
햇빛이 꺾여들어가고 있다

농협 창고

제 안을 스스로 까맣게 비워버렸다는 듯
창문 대신 덧대 박은 녹슨 함석을 걸어놓고
면사무소 옆 삼각지붕으로 서 있다
가로지른 자물쇠가 붙어 있는
벽들은 전국 어딜 가도 같은 누런색이다
인근 간판이 바뀌거나
낡은 집이 헐릴지라도 시간과 무관한 듯
한낮 창고 위 풍향계는 쉴새없이 돈다
깜깜한 내부 섬광처럼 뚫려 있는 못구멍들,
먼지의 환영이 내밀하게 가라앉는 그곳은
어둠보다 깊은 버뮤다 삼각지대 같다
사라진 빛들이 창고에서 창고로 이동하며
앞문으로 들어선 소년이 청년이 되어 나오고
뒷문으로 머리띠를 두른 노인이 걸어나온다
전송되는 것은 세월뿐 아니어서
그 많던 포대는 시간의 벽을 통과해
몇 년 전이나 몇 년 후로 쌓여 있다

'결사' 라는 붉고 서늘한 벽화를 보며
나는 죽음까지 관통하는 미래를 보는 것만 같아
다시는 열릴 것 같지 않은 자물쇠 너머
한사코 그 안을 들여다본 것인데
터널 같은 그늘에서 쩍쩍 금이 뻗는다

아파트나무

인부들이 몰려와 땅을 파고 아파트를 심은 건
고교 입학 무렵이었다 맨 먼저 커다란 파일이 내려가
지하 깊은 곳에 붉은 뿌리를 박았다
모세혈관 같은 철근들이 묶이고
제법 단단한 각질이 덧대어지기도 했다
시끄러운 소음과 분진을 광합성하며
자고 나면 조금씩 높아지는 아파트,
그 위를 크레인이 내려다보며 키를 재곤 했다
건물 층층마다 유리가 끼워지자 가끔씩
저녁 해가 모서리에서 붉게 터졌다
어느 날부터는 커다란 광고가 이파리처럼 매달렸다
분양사무실 칠판은 곧 수확할 열매를 위해
씨방의 규모를 세세하게 적어두었다
이웃 학교 녀석들과 패싸움을 하다가
공사중인 아파트로 도망쳐 숨은 적이 있었다
미로 같은 곳을 겨우 빠져나와 돌아보니
아직 꽃피지 않은 아파트는 외로워 보였다

너무 큰 꽃은 그늘이 깊다고 하는 것 같았다
주먹의 상처가 가려워질 무렵
아파트 외벽에 밝은 색이 입혀졌다
고층 사다리차로 해바라기 씨 같은 짐들이
올라갔고, 그날부터 엘리베이터가
빠르게 펌프질되기 시작했다 그런 밤마다
밝고 노란 열매들이 매달렸다
단지 둘레는 낙과처럼 가로등이 즐비했다

아파트가 해를 가린 즈음부터 나는
더이상 자라지 않았다 우리 가족은
아파트가 자라지 않는 외곽으로
이삿짐 트럭을 몰고 꽃피러 떠났다

공터공화국

빌딩 자리만큼 철조망 두른 공터가 있었다
부도난 바람만 국적 없이 넘나들던 곳
원로의 냉장고가 풀숲으로 단독 영입되자
냉동칸 곰팡이로 담화를 피워냈다
빈 우윳곽은 빗물을 귀담아놓았고
부서진 의자는 밤늦게 고양이를 초빙했다
출근길 사람들은 철망 앞을 바삐 걸으며
공터를 어떻게 지지할 것인지 떠올렸다
부서진 싱크대, 헌 구두 한 짝, 폐자재들은
누가 먼저랄 것 없이 오랜 지지세력이었다
공터가 담배꽁초로 사태를 파악하는 것도
취한 사내 지퍼 속사정을 들여다보는 것도
어려운 일은 아니었다, 철조망 바깥 풀들이
유세에 동참해오는 동안, 누군가에게
버림받았던 것들이 공터로 몰려들고 있었다
주민회의가 있던 밤, 사방의 철조망은
경계를 늦추지 않았고 공터도 회의를 소집했다

모두가 힘을 합치면 무엇이든 할 수 있다는 듯
만장일치로 밤새 비가 뿌려졌다 주민 대표는
다음날 '외인출입금지' 라는 공화국을 인정했다
그후로 풀들은 점점 더 무성하게 자랐고
국경을 넘어오는 일은 좀더 은밀해졌다
찢어진 우산이 국기처럼 펄럭이는 공터공화국,
들끓는 여름정권을 지나고 있었다

창고 속 우주

창고로 들어가기 위해서는 열쇠 구멍을
통과해야 한다 우주로의 비행처럼
열쇠 날개를 회전시키며
캄캄한 공간에 진입한다 스위치를 올리면
명멸하는 태양은 몇 평의 우주를 비춘다
고요하고 먼지의 질서가 충만하다
방치된 것들은 제각각 창고 밖에서부터
먼 공전을 끝내고 이곳에 와 멈춘 것
소멸 궤도의 창고는 이미 밀도가 높다
구석에 상자를 내려놓는다
태양이 사라지면 내 생애 만유인력처럼
다가왔던 사랑은 낯익은 상자의 것들과
막막한 공간을 떠돌다가 잊혀질 것이다
그래서 이곳은 감당할 수 없는
블랙홀로 진화되어가는지도 모른다
먼 훗날 창고의 물건들이 팽창을 멈출 때
오래된 먼지의 것부터 빅뱅처럼 불타리라

나는 다시, 열쇠 구멍을 빠져나와
길 위를 걷는다 내 손에 들린 꾸러미는
다른 축으로의 이동을 위해
복잡한 무늬의 데이터를 읽어낸다

시간의 이면 1

나는 정기적으로 그로 대체된다
그와 공유할 수 있는 것은 뇌세포뿐이다
그의 한계에 내가 존재한다면
그가 내게서 의미를 찾기 때문이다
가끔씩 나를 잊는 건 운명이 아니다
사각형에 갇힌 최초의 나는 다른 사각형 속 나를 알아본다
나를 나로 짓게 만드는 의식은 옷감처럼
가로세로의 촘촘한 배열에서 번져온다
나는 가상현실처럼 시뮬레이션된다
프로그램화되어 있지 않은 일은 일어나지 않는다
현실의 물리법칙을 위배할 수 없다
꿈은 어딘가 있을 그 오류와의 교신이다
총알이 총구에서 발사될 때
초고속 카메라는 초당 십이만 장의 사진을 찍는다
직관은 종횡으로 사진을 붙이며 평생에 이른다
죽음의 분계점은 기억의 대체이다
시간이 관통된 안을 들여다볼 수 있다면

핏방울 속 아득한 은하의 태양계에서 보내온
영혼의 전문을 받아본 것이다
여럿의 그가 나를 실시간으로 설정한다
나는 끝까지 결연하다

시간의 이면 2

나는 눈을 감는다 그리고 아직 밤이다
길은 없었다 되돌아와보니 그 때문만은 아니다
나는 편견의 기억을 따른다 조금도 이상하지 않다
잠들기 전 도시와 거리, 사라진 저녁들을 잊었다
형체를 만드는 윤곽이 오랫동안 계속된다
풍경은 순식간에 바뀌거나 미끄러지듯 회전한다
눈자위에서 꿈틀거리는 그림자들이 그 속으로 몰려간다
이곳은 낯설지만 처음이 아니다
감각은 예측 가능한 현실에 깃들거나 심어져 있으므로
필연을 의심할 때 선택은 완성된다
그리고 가능한 오랫동안 나를 안심한다
구성이 또렷해질수록 주위는 광활하다
소리는 막대그래프처럼 최대로 출력된다
그것은 빽빽하게 들어찬 수만 개의 나무들이다
빨간색과 파란색이 태반처럼 뒤엉킨 뿌리에는
커다란 구멍이 하나씩 양육되고 있다 멍하니
그 입구에 생각이 멈춰 있다 그 안은

달이 밝지도 않고 어두워지지도 않는다
내가 환영처럼 거기에 있다

동물원

낯설고 기이한 비밀을
당근처럼 우적우적 씹는 얼룩말의 꼬리가
휘휘 적막을 쓸어낸다 이제 아무도 없다
예정대로 돌아가지 못한 초원은
관광안내지도 속에서 푸르다
불필요한 입장권처럼 이 격리를 설명할 길은 없다
딱딱한 불빛 아래 배밀이를 멈춘 파충류들과
수족관 속 과녁 같은 눈으로 응시하는 색채의 분류들,
충동이 압축된 완강한 철창 너머
진열은 공허하게 지속된다
그들이 떠나온 숲과 늪은 연구되지 않는다
존재하지 않는 습관이 오랫동안 벽을 감시하고
경계의 타성은 그 주위를 에워쌌다
어쩌다 철근으로 지탱되는 두려운 눈빛이 기념되었을까
되돌아갈 수 없는 본능의 신경계는
호명하는 목소리에 반응해간다
철창에 덕지덕지 붙은 눈은 좀체 떠날 줄 모른다

웃음은 기척처럼 배고프게 한다
작별은 개별적으로 이루어졌으나
언젠가 다시 늙은 아이와 해후할 것이다
단체로 결말되는 다른 선택은 없다
어두워지자 동물들이 거리로 걸어나온다
이곳에서는 과거만이 진실하다

로그인

로그인된 나무에 새순이 돋고
아이디로 꾹꾹 입력된 꽃이 핀다
그러므로 계절이라는 사이트에
들어설 때부터 커뮤니티는 시작된다

시간의 약관에 동의한 나는
태어나 로그인된 방문자, 이리저리
흔적을 남길 때마다 기억이 스크랩된다
누군가 잠시 나를 떠올리기라도 하면
카운터가 올라간다
간혹 내가 접속하고 싶은 사람,
서로 언약한 적 없어도
그의 패스워드를 이해해야 한다
결정적으로 일치해야 다음 단계로 이동할 수 있다

보는 이가 많아질수록 꽃은
절정의 트래픽을 갖는다 뿌리의 한계용량에서

페이지를 표시할 수 없는 이파리가
미끄러지듯 낙하한다
변경이 필요로 한 오류범위는 바람이다

로그인을 했다가 로그아웃하면
육안으로 보이는 곳에서도 나는 없다
내가 사실로 존재하는 것은
경계에 접속된 순간뿐이다
어디에도 있는 나를
어디에도 없게 하는 로그아웃,
나는 태연하게 다른 곳으로 로그인된다

봄

나무는 가지마다
망울 귀를 열고
햇살을 엿듣는 중이다
도처에 소문이 파다하다

3부

담장과 나무의 관계

담장 틈에서 나뭇가지는
가늘게 몸을 떨었다
아주 천천히 금이 자라도 좋았다
바람조차 알 수 없는 금의 방향은
담장의 천형이었다
상처를 제 안에 새기며 견디는,
담장 곳곳 나무의 실뿌리가 번졌다
그 틈으로 수액처럼 물이 올랐고
바람 불 때마다 조금씩 흔들렸다
혹독한 겨울을 지나면서
나무는 말라가고 있었다
날이 풀리자 기어이 담장은
금 밖으로 무너져내렸다
나무가 활짝 몸을 열었다
검은 금들이 가지로 뻗어올랐다

쓸쓸한 연애

백사장 입구 철 지난 플래카드가 걸려 있었다
아직도 누군가를 기다리고 있다는 듯
얽매여 군데군데 찢겨진 채였다
기어이 그녀는 바다에 와서 울었다
버려진 슬리퍼 한 짝과 라면봉지,
둥근 병 조각조차 추억의 이정표였다
해질녘 바위에 앉아 캔맥주 마개를 뜯을 때
들리는 파도 소리, 벌겋게 취한
서쪽의 창에서 포말이 일었다
유효기간 지난 플래카드처럼
매여 있는 것이 얼마나 치욕이냐고
상처의 끈을 풀어준다면 금방이라도
막다른 곳으로 사라질 것 같은 그녀,
한 줌 알약 같은 조가비 놓인
밀물 드는 방에서 우리는 알몸을 기댔다
낡은 홑이불의 꽃들이 저녁내
파도 위를 밀려왔다가 밀려갔다

그녀가 잠든 사이 밖은
오랫동안 기다려온 것처럼 바람이 불었다
나는, 꺼질 듯한 모닥불에
찢겨진 플래카드를 던져넣었다

탈수 오 분간

세탁기가 아귀 맞지 않은 구석으로
가늘게 떨며 부딪쳐왔다
자폐증 환자처럼 벽에 머리를 찧는 것은
내 안 엉킨 것들이 한없이 원심력을 얻기 때문,
바지 뒷주머니에 넣어둔 편지는 보풀이 되어
온 빨래에 들러붙었을 것이다 번진 마스카라,
흐느끼는 그녀를 안고 있을 때도 그랬다
어깨며 등 떨리는 오 분간, 상처는 그렇게
서로 부대끼며 천천히 가벼워지는 것인지
세탁기는 중심에서 울음을 비워내고서야
멈췄다, 멈출 수가 있었다
티셔츠 끝에 바지가, 남방이 엉켜 나왔다
탁탁탁! 풀어내며 언젠가 가졌던 집착도
이 빨래와 같았을까
건조대에 빨래를 가지런히 널다가
조금씩 해져가거나 바래가는 게
너이거나 나이거나 세상 오 분간이라는 것

햇살 아래 서서 나는, 한참 동안
젖어 있는 것들을 생각했다

여전히 그대는 아름다운지

계단을 오르다가 발을 헛디뎠습니다
들고 있던 화분이 떨어지고
어둡고 침침한 곳에 있었던 뿌리가
흙 밖으로 드러났습니다
내가 그렇게 기억을 엎지르는 동안
여전히 그대는 아름다운지
내 안 실뿌리처럼
추억이 돋아났습니다
다시 흙을 모아 채워넣고
앞으로는 엎지르지 않겠노라고
손으로 꾹꾹 눌러주었습니다
그때마다 꽃잎은 말없이 흔들렸습니다
위태하게 볕 좋은 옥상으로
너를 옮기지 않겠다고
원래 자리가 그대 자리였노라고
물을 뿌리며 꽃잎을 닦아내었습니다

여전히 그대는 아름다운지

비에게 쓰다

버스는 아가미를 열고 우산 몇을 띄워놓네
다음 정차역까지 단숨에 가려는 듯
바퀴마다 지느러미 같은 물길이 돋네
수초처럼 흔들리는 이정표는
번들거리며 흘러가네 밤은 네온 글자를
해독하지 못하고, 푸르다가 붉다가
점멸하는 자음만으로 도시를 읽네
건너편 창을 훑고 내려오는 자동차 불빛
밀물처럼 모서리에서 부서지네
물소리가 밤새 저리 뒤척이며
경적을 건져낼 것이네 한 떼의 은빛 치어가
가로등으로 몰려가네 살 오른 빗방울이
창문으로 수없이 입질을 해오지만
내가 던진 찌는 아무것도 물어오지 않네
이렇게 막막한 밤이면 그립다든가
보고 싶다든가, 쓸쓸한 표류를 어쩌지 못하네
무엇이든 깊어지기 시작하면

그렇게 일순간 떠오르는 것
흐르는 생각 끝에 맨홀이 역류하네

장마 이전

편의점에서 바나나우유를 산다 여점원은 안개꽃처럼 말랐다 그녀에게 따귀를 맞아도 변할 것 없는 퉁명스런 오후, 아무 말 하지 않아도 안녕히, 라고 했던가 마을버스 뒷좌석에서 무릎을 세운다 비좁은 자리의 다리가 저리다 정류장 푯말은 정차하는 풍경에 스트로를 꽂는다 그때마다 몇몇이 앞문으로 빨려들어온다 입 안처럼 서걱거리는 가방 속 편지는 남쪽 장마로 얼룩져 있다 라디오에도 북상중인 빗소리가 섞인다 기우뚱 언덕으로 올라서는 차창 밖 하늘이 돌아눕는다 질근질근 씹힌 스트로가 그르릉그르릉 모서리를 헤집는다 사나흘 유통기한을 지나온 편지를 차마 뜯지 못한다 빈 우윳곽을 구겨버린다 장마전선이 버스 노선표를 따라 뻗어간다

루빅스 큐브

정육면체 색조각을 돌려가며 맞추는 루빅스 큐브라는 퍼즐, 나는 아직도 한 면밖에 맞추질 못한다 다른 면들을 모두 뒤섞은 채로 살아왔다 정거하러 들어오는 지하철 창에 그녀가 있었다 칸칸이 교차하다가 그녀의 칸이 내가 서 있는 창 앞에 멈췄다 열차 유리창과 유리창 열차 사이, 그녀와 눈빛이 일치했다 세로축 계단과 가로축 정차역이 각기 회전하다 멈춘, 검은 눈동자가 몇백 년을 건너온 듯 흔들리고 있었다 한 면이 다른 전면을 맞춰내기 위해, 우리는 잠시 잇댔다가 어긋나는 여정이었을까 루빅스 큐브 한 면만 겨우 맞춰온 내가 그녀를 다시 본다는 것은, 이 生을 분해해 조립하지 않는 한 불가능한 일이었다 지하철은 떠났고 그녀와 단 몇 초간, 아마도 평생이 흘렀다

주유소

단풍나무 그늘이 소인처럼 찍힌
주유소가 있다 기다림의 끝,
새끼손가락 걸듯 주유기가 투입구에 걸린다
행간에 서서히 차오르는 숫자들
어느 먼 곳까지 나를 약속해줄까
주유원이 건네준 볼펜과 계산서를 받으며
연애편지를 떠올리는 것은
서명이 아름다웠던 시절
끝내 부치지 못했던 편지 때문만은 아니다
함부로 불질렀던 청춘은
라이터 없이도 불안했거나 불온했으므로
돌이켜보면 사랑도 휘발성이었던 것,
그래서 오색의 만국기가 펄럭이는 이곳은
먼 길을 떠나야 하는
항공우편봉투 네 귀퉁이처럼 쓸쓸하다
초행길을 가다가 주유소가 나타나기를
기다려본 사람은 안다 여전히

그리운 것들은 우회로에 있다

겨울 갈대

얼음이 얼기 시작했다
물결은 음파처럼 밀려와
촘촘히 조각을 덧붙이고 있었다
갈대는 마이크처럼 바람을 잡고
뿌리는 그 소리를 놓치지 않으려
물밑을 단단히 붙들고 있었다
놀란 새들이 음표처럼 날아올라
수평선에 걸렸다
그 순간이 들려주는 연주곡은
코끝이 시렸다, 이별은
떠나온 것이 아니라 두고 온 것일 뿐이라고
노랫말을 붙이고 싶었다 조금 더
잦아지는 물결은 시린 저녁놀을
강 끝으로 옮겨놓는다 생각이
지류를 따라 부질없이 밀려갔다
어느덧, 나도 모르게 흥얼거리고 있었다
제목도 알 수 없고 구절만 떠오르는

쓸쓸한 곡이었다
공기방울이 얼음 밑으로
흘러다니고 있었다. 나는 그것을
뿌리의 노래라고 믿었다

꽃이 피다

1

공사장 모퉁이 플라타너스가 표지판으로 아랫몸을 가리고 서 있다 인부는 어디로 갔는지 퍼런 철근들이 저들끼리 묶여 있다 간간이 잡초들만 바람을 불러모아 수군거릴 뿐, 계절을 문신한 잎새 하나 후미진 골목에서 뛰어오다 멈춰 선다 늙은 전신주가 제 힘줄로 끌어모은 낮은 집들 너머, 잠시 정전인 하늘에는 길을 서두르는 먹구름이 송신탑에 걸려 있다

2

전기스토브가 덜 마른 속옷에게 낯빛을 붉힌다 형광등이 한낮을 키우며 시들지 않는 것들을 읽어낸다 두통에 시달리다보면 꽉 잠가지지 않는 수돗물이 웅크려 떨어지고, 거리를 배회하던 빗소리 굵어진다 몇 알의 감기약 삼키자 빗물이 휘청휘청 진눈깨비로 주저앉는다 미술학원 창가, 젖은 스케치

북 밑그림 밖으로 봄꽃들이 번져나온다

3

스위치를 내리면 발끝까지 환하게 불이 들어올 것만 같아, 유폐된 이 공간, 숲으로 가득 차 나뭇잎마다 뚝뚝 빛을 튕겨낼 것만 같아, 온몸에 열꽃 돋는 밤, 창가 성에를 지우며 산수유나무 붉은 알전구 반짝이고

접속

비 오는 날 감전될 뻔한 적이 있다
끊어진 필라멘트가
둥근 어둠 속에서 부딪치는 쇳소리
소켓의 테두리를 열고 빗방울이 튀어오르고
포자처럼 흙내음이 환해질 때
쥐고 있던 전구는 기적적으로 번개표였다

꽃은 뿌리의 플러그가 제대로 꽂힌
전류의 향기이다 나뭇가지 엉킨 골목 담장
고동색 피복의 줄기들이 직렬로 이어져 있다
고압으로 번들거리는 봉오리들
햇빛을 되비추어 불을 켤 동안
함부로 만지지 말거라
축대는 무너져내릴 순간까지
금과 금을 이어갈 것이다 합선이 되는 점마다
불티처럼 시멘트 조각들이 터진다

중심 때문에 발걸음조차 뗄 수 없는
낡은 의자 위로 밧줄 같은 전등이 내려왔다
심장 부근으로 먼저 밑불이 돌았다
몸은 가볍게 뒤꿈치를 들어올린다
어둠이 선회하며,
뜨거운 것이 온다

밤기차

나,
밤기차를 탔었다
검은 산을 하나씩 돌려보낼 때마다
덜컹거리는 기차는
사선으로 몸을 틀었다
별빛은 조금씩 하늘을 나눠가졌다
종착역으로 향하는 기차는 인생을 닮았다
하루하루 세상에 침목을 대고
나 태어나자마자 이 길을 따라왔다
빠르게 흐르는 어둠 너머
가로등 속 고단한 길이 들어 있었다
간이역처럼 나를 스쳐간 사랑도 마찬가지였다
차창 밖은 세상의 가장 바깥,
함부로 내려설 수 없는 여정이었다
나,
기차표를 들여다보았다
정처 없이 낯설어지고 있었다

외출

햇볕이 유리창에 착 달라붙어
화한 온기가 전해지는 아침,
노인이 무릎을 들여다본다
약상자 속 파스 다발이
고무줄에 묶여 솔솔 냄새를 풍긴다
우표 한 장으로 편지가 배달되듯
파스 한 장의 힘으로
가뿐히 몸을 일으켜세운다
겉봉 같은 외투를 걸치고
어디든 갈 수 있다고,
아름다운 그녀를 위해
그리움을 봉하고 몸에
우표를 붙였으리라
중절모 쓰고 지팡이 짚고
대일파스 후끈후끈하게
붙은 봄날, 환한 골목에서
노인이 걸어나오고 있다

플라타너스 아래

그 버스정류장에는
가지 많은 플라타너스 한 그루
피아노 교습소 간판을 반쯤 가리고 서 있다
비 오는 날 그 아래에서
버스를 기다려본 사람은 안다
우산을 향해 떨어지는 빗방울이
사실은 플라타너스의 연주라는 것을,
빗물로 흠뻑 잎들을 조율하고
가지의 탄력으로 옥타브를 넘나들기도 하면서
비 오는 내내 잎과 가지를 흔들어
우산의 공명통을 두드리는 것이다
노선안내판 옆 줄지어 선
음표 같은 뒷모습, 키 높이에 따라
색색의 우산으로 화음을 이룬다
한여름 교습소 창문에 드리운
새 이파리들도 박자를 놓치지 않는다
어느새 버스는 악보처럼 넘겨지고

모두 돌아간 그 버스정류장
옹이 같은 귀를 열어둔 플라타너스만 적적하다
그러면 다시 누군가를 기다리며
보도블록에 척척 잎을 눌러보는 것이다

기별

나무들이 앞서거니 뒤서거니
바람이 불러주는
사연을 받아적는 것은
잎새들의 오랜 관습이다
여름 지나 가을이 오면
엽서 한 장
그대에게 받을 수 있을까
단풍잎을 우표처럼 떼어내
책갈피에 꽂는 날이면
걷는 이 길 끝
그대가 서 있을 것만 같아
나무들은 온통
붉은 우체통을 꿈꾸는데

4부

단추

거울 앞에서 단추를 채우다가 문득
실밥 몇 올 남기고 사라진 자리를 본다
멱살 잡혀온 날들에 너는 어디쯤
한 방울 눈물로 떨어져 있을까

채우고 풀기를 반복하는 동안
실낱 같은 인연을 얼마나 움켜잡아왔던가

빈 곳을 만지작거리다가
나도 어딘가에서 놓쳐버린 꿈인 것 같아

기억이 바느질하듯
나를 통과하고 있다

꽃 피는 시절

—커뮤니티

꽃은 언제나 제 그림자 속으로 떨어진다
흩어져 있던 우리는 필연이었다는 듯
그 아래 의자를 꺼내놓고 둘러앉는다
밤마다 모니터 불빛으로도 뿌리가 뻗는 우리는
외롭고 파리했으나 결백했다
꽃잎이 빙글빙글 회전하며 낙하하는 동안
자판으로 타전되는 철자들은 산과 들을 지나
나무와 나무에게 전해지고 있었다
애초에 아무것도 없던 가지마다
링크되는 각각의 얼굴들,
우리는 어둠 속에서 서로를 바라보았다
실시간으로 교환되던 꽃의 윤곽이
화소처럼 격자 철조망에 비치기도 했다
그러나 표류하듯 그 시절을 떠나왔을 때
돌아갈 길은 점차 잊혀지고
초록의 잎들이 이교도처럼 돋아나
꽃들은 휴면 속으로 사라져갔다

한낮 그림자는 이제 꽃이 잘 드는 곳을 골라
검은 추억을 채탄한다 우리는 막장처럼
떠나온 그곳에 꽃씨를 묻어두었다
다 지난 일이지만 내가 거기에 있었다

사월 초파일, 전봇대

한때 나는 건너왔다가 건너가는
이별의 것들만 가슴에 세웠다
그 떨림, 차들이 지나칠 때마다
땅 깊은 곳으로 뿌리내렸다
내 둥근 여백의 벽보 숫자들
나로 인해 기억된다면
편지함 같은 변압기로
골목마다 환한 사연을 전해주고 싶었다
언젠가 푸른 신호가 들 때까지
청년의 한쪽 어깨를 받아주다가
같이 길을 가고 싶어
웅웅 소리를 내었던 것인데
왜 청년은 고개 숙여 흐느꼈던 것일까
나도 그때 한 번쯤은 별빛을 따라
스스로 빛을 내며 걸어가고 싶었다
그 꿈이 어디로 전송되어진 것인지
밑줄 같은 전선줄에 괄호처럼 새들이 앉았을 때

누군가 사다리를 타고 올라와
등을 매다는 것이었다
그 저녁부터였다. 그때부터 나도,
등불이 되고 연등이 되어
내 안 뜨거운 전류를 타고
온 마을을 걸어갔던 것이었다

그리운 목련

겹겹 바람을 껴입은 목련나무 봉오리
꼬깃꼬깃 잎들이 접혀 있다
지난해 북향 창가에 떨어진 채
타들어가듯 검어진 꽃잎들,
다시 뿌리로 끌어올려져
가지 끝 꽃받침에 편지처럼 물려 있다

두툼하게 말아쥔 꽃눈을 들고 서성거리다
막다른 곳을 향해 뻗어가는 골목 끝에서
불빛 벙그는 밤,
불잉걸처럼 밝은 창문을 향해
마침내 목련은 접어두었던 면을 편다

나는 나를 잊고 너를 잊었으나

한 잎씩 천천히 환한 창에 대고 읽는다
목련 읽는 향기가 그윽하다

중심에서 하나씩 지는 꽃잎을 생각하면
몇 장 사연을 내밀한 틈에 어떻게 밀어넣은 것인지
잊고 있던 그 자리에 왜 나를 세워둔 것인지
각오하듯 활짝 핀 목련을 들여다보게 되는 것이다

한강에서 고래를 보다

물살이 갈라지며 포말이 인다 그 안에서
탐지기 음파처럼 떠오르는 검고 매끄러운 유선형,
네가 어디에 있는지 나는 알아야 한다
늘어선 가로등은 소금기를 걸러내려고
강 위에서 환한 그물질을 한 것일까, 피부에 달라붙는
물비린내가 좀처럼 가시지 않는다
침침한 물밑 하수구 아가리의 무시무시한 공포,
검문소 같은 교각들이 속도의 하중으로 으르렁거린다
그러나 나는 깊은 바다 속에서도 또렷한
너의 목소리를 보았다 부유물 섞인 이 도시 어딘가
네가 있다는 걸 안다 무리에서 떨어져나온 우리는
미친 것이 아니다 필시 너는 나를 기다리며
여기를 스쳐갔을 것이다 서둘러 몸을 뒤척이자
녹슨 철근 뭉치가 지느러미에 송곳니를 박고 흔든다
뼈처럼 드러난 허연 달이 수면 위로 잠깐씩 비친다
몸을 뒤집어 꼬리를 휘저을수록
핏빛으로 드리워오는 네온빌딩들,

갈조류가 달라붙어 굳어가는 눈에서
뜨거운 염분이 흘러나온다
바닥까지 가라앉을지라도 지금은
안간힘으로 너에게 가고 있는 것이다
희부윰한 강물 속,
붉은 숨이 장미처럼 무늬져 뿜어올라간다

언제나 영화처럼

기차는 필름처럼 레일을 지난다
어떤 환등의 불빛이 그 안에 들어 있는지
차창으로 이어진 장면 장면이
풀려지는 릴만 같아서
결말을 알 수 없는 예고편처럼
종착역이 궁금해진다
건널목 차단기가 액션으로 올라가고
갓길 트럭 앞유리는 달빛을 받아 비춘다
저녁은 단역처럼 사소해진다
그러나 영화라는 것은 일 초에 스물넉 장
스쳐가는 사진의 풍경이 아니던가
정작 기억해야 할 건 어둑한 상영관
영사기에 비친 먼지의 배역,
가없이 떠다니는 존재의 명멸 같은 것
눈감아도 아른거리는 네온간판들,
영화의 잔상효과처럼
이곳을 주시하며 좌석에 앉아 있는

또다른 내가 있을지도 모른다
붉은 막의 그림자를 흔들며
포장마차는 마지막 손님을 상영한다
담벼락 뒤로 사라진 겹겹의 포스터와
바람이 느리게 끼워넣는 실루엣에 대하여
나는, 영화처럼 살다 갈 것을 상상한다
이 장면을 오래 기억해야 한다

추억에 들르다

1. 초등학교 4학년, 여름방학

세계명작동화 전집 한 질을 깔고 앉아 존다
기차의 등받이로 삶은 계란 껍질이 부서진다
그늘이 반쯤 베어먹은 객차는 더위로 텁텁하다
자면 안 돼 홍성 광천 다음엔 대천이야
내려야 할 역은 다가오는데 선풍기 바람은
잠을 휘휘 감고 터널을 꿀꺽 삼킨다

동화 전집은 내 몸 근수를 쟀다 놓는다
몇 번씩 대낮 광장이 접시저울처럼 요동친다
너무 무거워 손바닥에 그어진 붉은 줄,
양장본에 끼워 펼쳐본다 나는 그 갈피를 걸어
터번을 두르고 양탄자에 올라 빨간 구두를 신었으나
탐구생활 빈칸에서 엄마와 마주친다
나는 보름치 일기를 하룻밤에 들려준다

2. 중학교 2학년, 겨울

따귀를 맞아도 아프지 않다
나를 과학실로 불러낸 생물선생님은 울기 시작했고
언 화분 속 거웃 같은 선인장 너머
겨울 창문이 변성기처럼 삐걱거렸다
심장이 포르말린 병에 담겨 투명하게 내비쳤다
나는 설명하기 어려운 나에 대해
주석을 달고 싶었다 그날 오후 처음으로
평행봉에서 떨어져 피를 뱉었다
모두 짝사랑이었다

고해할 게 바닥나면 교회에 갔다 의리로 뭉친
까까머리들이 자전거를 나눠타고
헌금함처럼 이리저리 돌다가 성탄절을 기념했다
자못 예쁜 여자아이가 옆에 앉아만 있어도
전기게임처럼 밤새 알전구에 불이 켜졌다 꺼졌다

은혜란 바로 그 이름이었다

3. 고등학교 3학년, 초여름

국어선생님이 결석을 했다
우리는 검은 리본을 달고 운동장에 모여 출석을 요구했다
누구는 정문으로 나가 보도블록을 깨 진실을 보자고 했고
누구는 강당을 노래로 가득 채워 그 성량으로 협상을 하자고 했다
그러는 동안 학생부 주임은 흔들리는 몽둥이를 잡은 채
긴팔원숭이처럼 반 아이들을 하나씩 낚아채갔다
끝내 선생님을 돌려받지 못하자 분통한 몇몇이
하굣길에 모여 소주같이 돌렸던 『처음처럼』,
당시 국어선생님이 낸 첫 시집 제목이다

극장 앞 우연히 만난 그녀와 걷다 소낙비를 맞았다

흠뻑 젖은 몇 날이 지나자 그녀의 담장에 장미가 피었다
필담은 몰래 그 장미덩굴을 타고 넘었고
만개한 고백들이 층층이 구름처럼 떠올라 길 위로 몰려갔다
나는 자전거에 그녀를 태우고 힘껏 페달을 밟았다
비포장의 날들이 먼지와 함께 갈렸다
바다가 그 너머에 있었다

청춘은 간다

내 청춘은 가스통처럼 옮겨다녔다
비바람이 헬멧 위를 거세게 흘러갈 때
달리지 않는 것들은 미끄러운 시선 밖으로
줄기차게 밀려난다
색색을 늘어뜨린 네온간판들
골목골목으로 사라진다
길은 사정없이 뻗어와
막다른 곳으로 쓸쓸히 흩어지는 것을
가스통을 짊어진 좁은 골목길에서 보았다
헤드라이트가 빠르게 난간을 더듬자
빗줄기가 즐비하게 몰려간다
턱을 바싹 당긴 채
굉음으로 앞바퀴 들어 달리면
앞서간 사랑까지 가 닿을 수 있을까
흘깃, 덜컹거리는 가스통을 돌아본다
매여 있다는 건 늘 괴롭다
가끔씩 물보라에 튀어오르는 잔 돌멩이들

방점처럼 귀퉁이에 찍힌다
몸을 납작 엎드려 발기된 엔진을 느낀다
길들여지지 않는 길 위의 날들,
점화되지 못한 청춘을 싣고
나는야 폭탄처럼 달린다

밤의 러닝머신

바닥은 테이프처럼 검은 밤을 재생한다 두 다리는 한사코 화면 안이다 헤드폰을 둘러쓴 빠르고 시끄러운 길이 돌아간다 이탈하지 못한 길은 지루하고 정직하다 음악은 환각처럼 템포를 비튼다 다운될 러너에게 수건을 던지지 말라, 음악에 끝까지 다 맞서야 한다 숨 가쁘게 젖은 몸이 피사체로 흘러간다 갈림길이 좀처럼 떠오르지 않는다 갈 데까지 갔다가 지쳐 내려온 곳이 필생 한 발짝도 아니다 조금 더 도망칠 알리바이가 필요하다 이 生에서 훔친 가죽이 불룩하다

무위기

일일달력은 양파 껍질처럼 벗겨도 벗겨도 한여름이었다 골목에서 난데없이 만난 소나기, 젖은 흙발로 방 안까지 따라왔다 가로수가 있는 교차로에서 벼룩시장을 지나온 것이다 라이터가 젖었는지 담배에 불이 붙질 않았다 번개는 부러진 안테나처럼 유리창에서 꺾이고, 라디오는 좀처럼 채널이 잡히지 않았다 지리멸렬한 잡음 속으로 빗방울이 튀고 있었다 양철지붕에서 끊임없이 타전되는 것은 막바지 手淫 같은 허기, 내 청춘은 잘못 옮겨적은 전화번호였다 처마 밑 파문은 구인란 볼펜의 동그라미로 번지고 또 번졌다 홍건하게 젖은 잠을 자다가도 벌떡 일어나 샤워꼭지 잡고 기도했다 더위는 신앙처럼 깊어갔다

그릇 하나

애야, 그릇은 담아내는 것이 아니라
비워내는 거란다

어머니 손은 젖을 대로 젖어서
좀처럼 마를 것 같지 않다
젖은 손 맞잡고 문득 펴보았을 때
빈 손바닥 강줄기로 흐르는 손금
긴 여행인 듯 패어왔구나

접시들은 더러움을 나눠가지며
조금씩 깨끗해진다
헹궈낸 접시를 마른행주로 닦아내는
어머니의 잔손질, 햇살도 접혀
차곡차곡 접시에 포개진다
이내 환해지는 잇몸의 그릇들,
나는 저 그릇처럼 닦아지지 않아
어머니는 말없이 눈물 같은 물기만

정성스레 닦아낸다

그릇 하나 깨끗하게 찬장으로 올라간다

경운기를 따라가다

모퉁이 돌아나오는 경운기 소리,
아버지보다 먼저 도착했네
결 굵은 앞바퀴가 땅 움켜쥐고 지나간 길, 언제나
멀미처럼 먼지 자욱한 비포장도로였네
그 짐칸 올라타기도 했던 날들은
덜컹덜컹 떨어질까 손에 땀나는 세월이었고
여태 그 진동 끝나지 않았네 막막한 시대가
계속될수록 나를 흔드는 울림, 느껴지네
밀짚모자와 걷어올린 종아리, 흙 묻은 고무신의
아버지와 아버지의 길
양손 벌려 손잡이 잡고 몸 수그린 채
항상 전투적이었던 운전법

아버지,
그만 돌아오세요 이젠 어두워졌어요

나는 보네

울퉁불퉁한 것은 이제 바닥이 아닌 바퀴이어서
일방통행길 높은 음역으로
더듬거리듯 가고 있을 때
숨죽이며 따라가는
한때 속도가 전부였던 자동차 붉은 꼬리의 생각들,

나는 아직 아버지를 추월할 수 없네

별의 기억

문자 메시지가 왔다 점멸하는 도착 표시,
오래 전 보았던 창문을 닮았다 가로등이 아이콘처럼
자주 깜박이던 곳, 그 겨울밤 가끔씩
음성 메시지를 남겼다 아직 여기 있다고 했던가

언덕길 끝, 보일러 연통의 몇 볼트 온기로
나뭇가지에 꽃봉오리가 피었다, 잔기침에도 화들짝 놀라는
꽃 화분은 조금씩 금이 갔다 그리울 것이 많았으므로
라디오 주파수는 별과 별을 지나 사람의 소리에 닿고,
창문을 흔드는 바람이 캄캄한 궤도로 흘러갔다 깊은 밤
뚝뚝 지는 수돗물은 둥근 별의 습관, 얼지 않은
소리는 고드름처럼 일기장 행간에 매달렸다
창 밖에는 외, 롭, 다 꾹꾹 눌러놓은 눈사람 눈 코 입

그 겨울밤 시리우스, 빛의 속도로 도착한 전파처럼
지금 메시지는 그 별에서 보내온 답신이어도 될까
8년 224일 18시간 전 시리우스 별과 같은 혹성 언덕

공중전화부스에서, 나는 아직 여기 있다고

빈집

먼지 낀 고지서가 편지함에 물려 있다
기억조차 텅 빈 이름들,
비포장도로 끝에서 불어와
빈 농약병 소도록한 뒷마당을 지난다
무너진 담장 넘어
녹슨 자물쇠를 비틀어보면
마루 밑
그늘이 숨죽이고,
마당 가운데
웃자란 잡초들
삐걱대는 대문을 향해 귀를 댄다
뒷산 대숲을 파랗게 굽이치는 참새떼
점점이 날아오르면
나방 한 마리,
소인(消印)처럼 거미줄에 걸려
흔들리고 있다

FM 99.9

육십 촉 전구가 긴 하품처럼 흔들린다
목젖이 훤히 들여다보이는 골목 어귀 바람은
기댄 리어카 헛바퀴로 다이얼을 맞춘다
주파수를 잃은 낙엽이 쓸려간 후미진 끝
별들의 수신음이 가득하다 별과 별
이어보는 별자리는 전선으로 잇댄 회로,
때로 ON 표시처럼 스탠드 불빛 새어나온다
조금씩 뚜렷해지는 스테레오 같은 창들,
막막한 어둠 속에서 채널을 갖는다
같은 시간 같은 음악을 듣는 이들은
서로를 잇대며 이룬 외로운 기지국이다
붉은 막대채널 같은 가로등이 길 위를
밀려가고 가끔 개 짖는 소리가 잡힌다
거미줄은 스피커처럼 웅웅거린다
배달 오토바이가 LP판 소릿골을 긁으며
좁은 골목을 돌아나온다 불빛에 꽂힌
사소한 소음도 이제는 모두 음악이다

해설

현실의 균열들 속에 존재/부재하기

김수이(문학평론가)

현실에, 세계에, 당신과 나 사이의 허공에 스트로를 꽂아 오렌지주스처럼 들이마시는 시인이 있다. 혹은 흡수력 좋은 리트머스지를 대고 감추어진 본질의 색을 소리없이 물들여내는 시인이 있다. 2006년 11월, 첫 시집 『리트머스』를 세상에 내놓은 윤성택이다. 윤성택은 시적 대상을 정지된 풍경으로 재현하거나 자기충족적 미학으로 변용하는 데 공을 들이지 않는다. 윤성택은 현실세계의 갖가지 균열이 형태와 배후를 유지한 채 실재의 어둠 속에서 언어의 조명 아래 유유히 모습을 드러내기를 소망한다. 윤성택이 사용하는 스트로와 리트머스지는 그 은밀한 차원 이동의 통로인바, 윤성택의 시는 대상에 흠집을 내지 않으면서 언어를 통해 대상을 전유하려는 열망으로 강렬하면서도 투명하다. 각도를 달리해 말하면, 윤성택은 잘 빚어진 시에 대한 고전적인 예술 지향과 언어에 대한 외경심을 깊이 간직한, 최근 시단의 비주류(?)의 영토를 진중하게 답파하는 젊은 시인이다.

윤성택은 자신의 시의 스트로와 리트머스지를 현실의 심층이자 환부에 깊숙이 잇대놓는다. 그렇게 시추된 현실의 내부는 "실뿌리처럼 금이" 간 채 "미로같이 얽혀"(「산동네의 밤」) 있으며, "저마다 까칠한 영혼의 뒷면"(「스테이플러」)을 지닌 존재들의 "울음"(「울음 바늘」)으로 흠뻑 젖어 있다. 미로같이 얽힌 이 세계의 존재들, 사람·사물·시간·공간 들의 균열과 울음은 각자의 타자에게로 끊임없이 번져나간다. 예를 들면 이런 모습이다. "정류장 푯말은 정차하는 풍경에 스트로를 꽂는다 그때마다 몇몇이 앞문으로 빨려들어온다"(「장마 이전」), "미술학원 창가, 젖은 스케치북 밑그림 밖으로 봄꽃들이 번져나온다"(「꽃이 피다」), "비의 뼈들이 투과되는 창문에는 어김없이 번개가 내리친다"(「환절기」), "빽빽하게 들어찬 어둠을 솎아내느라/형광등 불빛은 가늘게 떨고 있다/그 경계를 잘라내는 환풍기는/울음이 엉겨 잘 돌아가지 않는다"(「대학병원 지하주차장」) 등등. 이리하여 윤성택의 시에서 사람(/사물)과 사람(/사물), 내부와 외부, 전생과 현생, "행복하지도 불행하지도 않은 날들"(「버려진 인형」)과 "틈만 나면 살고 싶었"(「홀씨의 나날」)던 날들은 가깝거나 먼 거리에서 일방향 또는 쌍방향으로 흐르고 역류한다.

그러므로 스트로와 리트머스지는 윤성택이 자의적으로 만든 시적 장치가 아니라, 이 세계에 존재하는 것들이 내면화하고 있는 삶의 원리의 실제적 상징이다. 이를 증거하듯 스트로와 리트머스지는 대상과 차원의 제약 없이 삶의 도처에서 작용한다. 말하자면 스트로는 입체형의 리트머스지이며, 리트머스지는 평면형의 스트로인 것이다. 윤성택의 시에서 이러한 경계 와해는 은유와 환유의 통합이라는 수사적 특징으로 가시화된다.

(……) 바닥은 구름을 향해 빨대를 꽂는 것이네 빗줄기 꽂히면 꽂힐수록 구름이 삼켜지네 기울인 유리잔에서 빗소리 들려, 나 울컥인 적이 있었네 누군가 내 안까지 잠겨와 하루 종일 비가 내리네

—「스트로」 중에서

늦은 밤 공중전화부스에 사내가 들어 있다
꾹꾹 눌러낸 다이얼은 서른 번을 넘긴다
타국으로 젖어드는 신호음 저편
그리움이라는 색깔로 반응하는 목소리,
부스 안은 리트머스 시험지 같다

(……)

아득히 먼 곳에서도 색이 뚜렷하다

—「리트머스」 중에서

첫번째 시에서 "구름"에 빨대를 꽂아 빗줄기를 삼키는 유리잔의 "바닥"은 누군가 잠겨와 울컥이고 있는 "내 안"의 환유이자 은유다. 주스를 마시는 나의 내면이 유리잔에 전이되었다가 다시 역투사된 결과다. 두번째 시에서 "리트머스 시험지"로 비유된 "공중전화부스"는 외국인 노동자로 짐작되는 "사내"의 고달픈 타국생활과 그리움을 "아득히 먼 곳"까지 "색이 뚜렷하"게 전송하는 은유의 기능이 장착된 환유다. 은유와 환유의 이같은 습합현상은 윤성택의 첫 시집 전반에 걸쳐 빈번히 출현한다. 노숙자로 전락한 남자의 하루를 그린 「검은 비닐 가방」의 "단단한 가방", 아파트가 건설되면서 외곽으로 밀려난 '나'의 체험을 묘사한 「아파트나무」의 "아직 꽃피지 않은 아파트"와 "아파트가 자라지 않는 외곽" 등이 단적인 예다. 야근한 여자의 퇴근길을 스케치한 「구두로 말하길」에서는 야근을 마친 계단, 여자의 뎅뎅뎅 물방울무늬 블라우스, 기차의 차단기, 수선집 처마를 박음질하는 빗소리, 쫙 벌린 구두, 여자의 하품 등이 은유-환유의 집합적 연쇄를 형성하고 있다.

스트로와 리트머스의 시학, 그에 따른 은유와 환유의 스밈 현상은 윤성택의 시가 씌어지고 세계와 마주치는 발생학적 지점을 선명히 보여준다. 윤성택은 현실세계를 편견 없이 실사(實寫)하려는 열망을 갖고 있으며, 동시에 그것이 자신의 "생을 분해해 조립하지 않는 한 불가능한 일"(「루빅스 큐브」) 임을 간파하고 있다. 현실세계와 (시적) 주체는 어떤 식으로든 유기적으로 연결된 공모의 관계에 있음을 이해하고 있기 때문이다. 도시의 피로한 생계와 전락과 살인사건 등 현대사회의 참상(慘狀/참(眞)相)을 세밀히 기록하는 윤성택의 시에서 냉정함과 모종의 겸허함이 읽히는 것은 이 때문이다. 윤성택의 시적 주체는 세계를 드러내기 위해 텍스트의 외곽이나 저변으로 물러나 있으며, 역설적이게도 그러한 방식으로 자신의 시각과 목소리를 명료하게 표출한다. 가능한 한 세계를 간과하거나 오독하지 않으면서 최대한 세계에 대해 증언하고 발언하는 것, 이것이 윤성택이 자신이 속한 세계와 현실을 살고 사랑하고 교정하는 방식인 것이다.

구체적으로 말하면, 윤성택은 「장안상가」「담배연기」「한밤의 제우스」「마지막 도피」「후회의 방식」「지하에서의 실종」 등 현대사회의 심층=환부를 묘파한, 이 시집의 가장 뛰어난 시편들이자 핵심을 이루는 시편들에서 그러한 의지를 다채롭게 드러낸다. 김기택의 어법을 연상하게 하는 이 시들에서 윤성택은, 자본주의의 물화된 실상에 물화된 기계적 시선(물리학적, 해부학적 관찰의)으로 대응한 김기택(주지하다시피 그의 방법은 독보적이며 효과적이었다)과 달리, 감정의 노출을 억제하는 가운데 인간적 시선(정서적 교감과 해석적 통찰의)을 끝까지 견지한다. 이 점에서 윤성택의 시는 김기택의 시보다 좋은 의미에서 계몽적이며 서정적이라고 할 수 있다.

그는 폐쇄된 벽과 벽을 스멀스멀 더듬는다
이 집요한 취향을 틀어막을 길이 없다
허나 강력한 후각이 미행해오면
서둘러 방충망으로 빠져나가기도 한다
그는 항상 주위의 빈틈으로 출몰해 폐를 끼친다
구석진 곳 그의 배후는 손아귀로 불빛을 숨긴다
두 손가락을 입에 대고 볼이 움푹 패어 있는 누군가
그 몽롱하고 정지된 순간, 그는 가장 자유롭다

—「담배연기」 중에서

옥상 균열은 늙고 싶은 건물의 표정이었다
(……)
야근을 마친 충혈된 눈에서도 균열의 뿌리가
내려왔다 여름이 끝나갈 무렵,

지하창고 툭툭 불거져나온 철근들이
가로수 잎맥처럼 녹슬기 시작했다 구청 직원은
딱지를 붙이며 건물이 헐릴 것을 예고했다
건물주가 풍으로 쓰러진 건 실핏줄 때문이었다

—「장안상가」 중에서

흰 천에 덮인 당신이 거실로 옮겨지고
비닐에서 피 묻은 칼을 꺼낸 감식반은
출입금지 테이프를 마저 철거한다
빼끗한 발목으로 창을 넘는
손이 떨린다 당신의 가슴에서 칼을 뽑자
턱에 맺힌 눈물이 뺨을 타올라 눈에 스민다
천천히 몸을 일으키는 창백한 얼굴,
당신에게 어떻게 용서될 수 있나
기차의 굉음이 레일에서 급히 멈춰 섰다
돌이킬 수 없는 시간이 다가온다
나는 마지막으로 공중에서
허공을 찢는 호각 소리를 듣는다

—「후회의 방식」 중에서

윤성택은 세계의 현현을 시적 주체의 발현에 우선하거나

들을 동등하게 배분하기를 원한다. 시적 주체의 전횡을 제어하면서 보다 '민주적인' 발화의 공간을 열어놓기 위해서다. 윤성택이 환유와 은유를 자주 겹쳐놓으며 그 경계를 휘발시키는 것은 세계와 시적 주체의 균형을 유지하기 위한 배려의 전략이다. 앞에 예로 든 시 「담배연기」에서 '담배연기'는 근심 많은 "누군가"의 환유이지만, 둘이 모두 "그"라는 같은 대명사로 중의적으로 지칭되면서 환유 관계의 "담배연기"와 "누군가"는 은유적 일체감을 덧입게 된다. 마찬가지로, 「장안상가」에서 "옥상 균열"은 "야근을 마친 충혈된 눈"과 풍으로 쓰러진 "건물주"의 환유이지만, 이 셋은 "균열"과 "뿌리"와 "실핏줄"의 형태적 유사성을 바탕으로 안으로 허물어져가는 도시의 인간과 공간의 은유의 쌍들을 형성한다. 인용한 부분에는 충분히 드러나 있지 않지만, 「후회의 방식」은 이러한 수사적 통합 또는 미분화(未分化)의 전략을 시적 주체의 다초점의 서술방식으로 확대하고 있다. 피살자인 '당신'의 시체 감식 장면과 살해자인 '나'의 자살과정을 서술한 이 시의 발화 주체는 '나'이면서 '나'가 아니다. '내'가 자신이 직접 보지 못한 '당신'의 시체 감식 장면을 이야기할 때 그 목소리는 멀리 텍스트의 바깥에서 들려온다. '나' 아닌 '나'의 목소리가 울려오는 텍스트의 바깥은, 어떤 이유로 '당신'을 칼로 찔러 죽이고 죄책감에 자살하는 시적 주체 '나'가 평생 동안 속

했으나 지금은 추방된 장소다. 윤성택의 시적 공간은 현대사회의 삶의 공간이 일상의 도도한 지속 가운데 어떻게 균열되고, 그렇게 균열된 공간에서 인간이 어떻게 소외되고 실종되는가를 보여준다. 그리하여 '내'가 자신이 빈 구멍처럼 빠져나간 이 장소를 실시간으로 묘사하는 순간 '나'는 '부재하는 나'의 '부재하는 목소리'를 발화하는 것이 된다. 이 목소리는 독자들에게 무의식중에 누구의 것도 아닌 것이자 '상상된 우리 모두'의 것으로 전달된다. 윤성택의 시적 주체 '나'는 외부의 다른 초점의 목소리를 자신의 내부에 누적해가는 분열과 다초점의 '나'이며, 그의 시적 공간은 이 변화하는 미정형의 '내'가 가까스로 부재에서 존재로 이동하는 장소인 것이다.

이 '나'를 통해 윤성택은 자신이 존재하면서 부재하는 현실의 장소들과 그 안에서 일어나는 비정하고 삭막한 삶의 사건들을 서술한다. 현대사회의 구석구석에서 동시다발적으로 성업(?) 중인 전락의 현장을 '스트로와 리트머스'의 흡인력으로 실사(實寫)하려는 윤성택의 지향은 시적 주체 '나'의 정체성 속에도 고스란히 반영되어 있는 것이다. 짧게 요약하자면, 윤성택의 시는 스스로에 대해 내재적이며 외재적인 '나'가 부단히 자신의 정체성의 내용물과 허위를 성찰하면서 현실세계의 균열의 뿌리를 더듬어간 기록이다. 윤성택의 명민함과 시적 재능은 이 두 작업이 같은 맥락에 있음을 인식하고, 그것을 수사와 발화(시적 주체의 설정)의 형식적 차원에서부터 한꺼번에 원천적으로 밀고 나간 점에 있다. 이러한 결행력은 '나'의 실재와 실체를 탐구한 시들에서는 체험의 실감 및 내면의 고뇌와 결합해 보다 직설적인 문제의식으로 형상화된다. 시집의 후반부에 주로 배치된 이 계열의 시들은 아날로그와 디지털, 온라인과 오프라인, 실재와 가상 사이에서 실종된 '나'를 찾는 거의 가망 없는 수사(搜査)의 흔적들이다. 윤성택은, "밤마다 모니터 불빛으로도 뿌리가 뻗는 우리는/외롭고 파리했으나 결백했다"(「꽃 피는 시절—커뮤니티」)고 먼저 자신(들)의 '무죄'를 주장한다. 그러나 "영화의 잔상효과처럼/이곳을 주시하며 좌석에 앉아 있는/또다른 내가 있을지도 모른다"(「언제나 영화처럼」)는 예감이 급습해오면, 중요한 것은 '나'의 행위의 정당성의 유무가 아니라 '나'라는 존재 자체의 유무가 된다.

어디에도 있는 나를
어디에도 없게 하는 로그아웃,
나는 태연하게 다른 곳으로 로그인된다

—「로그인」 중에서

가끔씩 나를 잊는 건 운명이 아니다

사각형에 갇힌 최초의 나는 다른 사각형 속 나를 알아본다
나를 나로 젖게 만드는 의식은 옷감처럼
가로세로의 촘촘한 배열에서 번져온다
나는 가상현실처럼 시뮬레이션된다
(……)
여럿의 그가 나를 실시간으로 설정한다
나는 끝까지 결연하다

—「시간의 이면 1」 중에서

그러나 두려운 것은 내가 죽었는지도 모른다는 것
(……)
녹화 테이프가 수없이 되돌려 재생되고 있는
CCTV 안, 나는 아직 살아 있다

—「지하에서의 실종」 중에서

'나'는 어디에도 있으나 어디에도 없고, 아무런 제약 없이 언제든 다른 곳으로 로그인된다. 그러면서 '나'는 "나를 실시간으로 설정하"는 "여럿의 그"에 의해 "가상현실처럼 시뮬레이션된다". "나는 끝까지 결연하다"고 '나'는 "각오하듯"(「그리운 목련」) 말하지만, 이 결연함은 '나'의 증발과 실종이 '나'에게 남긴 무력감의 반어적 표현에 불과하다. 이렇게 하

여 윤성택의 시텍스트 속에서, '나'의 폭발적인 이합집산을 담담히 지켜보며 시적 주체 '나'로 최종 수렴되고자 하는 '나'의 앞뒤에서 끝없이 등장하고 사라지는 '나'들은 서로를 균열내고 위반하면서, 혹은 그렇게 무수히 생성되는 듯이 보일 뿐 "수없이 되돌려 재생되"면서 "결연하"게 "아직 살아 있다"(이 문장이 앞뒤로 서로 착종되어 진술될 수밖에 없는 것도 같은 이유에서다). "그래서 이곳은 감당할 수 없는/블랙홀로 진화되어가는지도 모른다".(「창고 속 우주」) 그러나 "나는 아직 살아 있다"는 외마디 감탄사와도 같은 발견은 그 속에 묻어 있는 허허롭고 쓸쓸한 감정과는 별개로, 윤성택이 앞으로 쓸 시들을 위해 예비해둔 새로운 시작의 지점임이 분명하다. 글자 하나하나마다 방점을 찍으며 쓰거나 말해야 할 이 문장, "나는 아직 살아 있다"는 사실은 현실의 수많은 균열과 그 균열 속에 존재/부재하는 '나'들을 일시에 무력화시키며 또다른 삶의 가능성을 꿈꾸게 하기 때문이다. 그 가능성을 향해 윤성택은 지금 점차 "속력을 내면서 무게의 심지를 박는" "스테이플러"(「스테이플러」)의 주법으로 "어디에도 있는 나"와 "어디에도 없는 나", 삶과 죽음, 행복과 불행, '당신'과 '나'의 점이지대(漸移地帶)를 촘촘히 편력하고 있다. 2000년대 후반을 향하고 있는 우리 시에 보다 생생하고 정교한 '현실'의 표지판을 달아주면서.

윤성택
충남 보령에서 태어나 2001년 『문학사상』 신인상에 당선되어 작품 활동을 시작했다. 시집으로 『감(感)에 관한 사담들』, 산문집 『그 사람 건너기』, 운문집 『마음을 건네다』가 있다.

리트머스

1판 1쇄 | 2006년 11월 3일
1판 6쇄 | 2019년 4월 23일

지은이 윤성택
펴낸이 염현숙
책임편집 조연주 이상술 양수현
마케팅 정민호 박보람 나해진 최원석 우상욱 | 홍보 김희숙 김상만 이천희
제작 강신은 김동욱 임현식 | 제작처 한영문화사(인쇄) 우진제책(제본)

펴낸곳 (주)문학동네
출판등록 1993년 10월 22일 제406-2003-000045호
주소 10881 경기도 파주시 회동길 210
전자우편 editor@munhak.com | 대표전화 031)955-8888 | 팩스 031)955-8855
문의전화 031) 955-3576(마케팅) 031) 955-8864(편집)
문학동네카페 http://cafe.naver.com/mhdn

ISBN 89-546-0233-9 02810

* 이 책은 한국문화예술위원회의 문예진흥기금을 받아 출간되었습니다.
* 이 도서의 국립중앙도서관 출판예정도서목록(CIP)은 서지정보유통지원시스템 홈페이지(http://seoji.nl.go.kr)와 국가자료공동목록시스템(http://www.nl.go.kr/kolisnet)에서 이용하실 수 있습니다.(CIP제어번호: CIP2006002220)

www.munhak.com